Alexis RICHERT

D'une rencontre

© 2020, Alexis RICHERT

Édition : BoD - Books on Demand,
12/14 rond-point des Champs-Elysées, 75008 Paris
Impression : BoD - Books on Demand,
Norderstedt, Allemagne

ISBN : 9782322222179

Dépôt légal : mai 2020

Chapitre 1

La promesse

C'était très certainement ce moment qu'il préférait et qu'il chérissait plus que tout autre. Ce moment où l'espéré se mêlait enfin à la réalité, où la voix d'ange entendue et les petites phrases griffonnées par jeu de séduction, se posaient sur un visage. Il y avait cette légère gêne de la découverte, et le souhait de ne surtout pas brusquer l'instant. Ces premiers regards, ces premiers mots pleins de douceur, presque chuchotés pour garder l'intimité d'une relation naissante, entrainant le désir de gestes tendres, que la fragilité des certitudes interrompait dans leurs élans. Alors, le cœur palpitant, il faisait taire sa respiration pour essayer de saisir le même écho, deviner les souhaits derrière ses sourires et l'imperceptible rapprochement des corps. Il fallait pourtant lui avouer qu'elle lui plaisait en posant délicatement une main sur la sienne, presque un frôlement, en prenant le pari d'avoir séduit, et surprendre alors ce souffle court, ces légers frissons du premier contact dont l'intensité fait tourner la tête, et poursuivre ... poursuivre par le plaisir de goûter ses lèvres, non pour ses lèvres mais pour la promesse qu'elles font ainsi d'un encore et d'un demain qu'il est alors possible de s'autoriser à croire .... Pas plus, ce serait prendre trop, trop vite. Il ne fallait pas tout vouloir pour conserver avec gourmandise de futurs instants de découvertes. Il prenait le temps de respirer ces émotions, de profiter de la magie de ces heures uniques dans l'histoire qu'il débutait, et de déguster presque déjà amoureusement ces doux baisers faisant rêver. Il aimait d'abord la rencontre, se demandant souvent s'il souhaitait vivre une relation plus longue, du moins il savait que l'instant de la rencontre lui manquait déjà et qu'il la revivrait mille fois dans ses songes.

Cette soirée s'achevait sous les meilleurs hospices, le ciel argenté ayant baigné de sa chaleur printanière l'engouement de ce partage des désirs qui ne fut clos qu'après qu'il l'eut raccompagnée au pied de la petite maison qu'elle habitait, et dont l'ocre s'orangeait délicatement sous la lune. Il devinait déjà chacune des pièces, douces alcôves, aménagées avec le soin d'un intérieur confortable et protecteur, tant pour travailler que pour de langoureuses poses où le calme se mélangeait à la volupté de canapés enveloppant les corps dans un soyeux écrin propice aux rêveries et à l'amour. Il imaginait être bercé par le piano qui meublait le salon, ou par une de ses lectures qu'elle faisait volontiers dans les bibliothèques de la ville et dont il aurait ici la complète exclusivité. Il savait qu'il en profiterait pour la regarder avec cette presque indécence, éloquente, qui ne la laisserait pas sans envie. Ils avaient déjà échangé trop de gestes complices pour ne pas avoir compris cette attente. Ses pensées empruntes d'une douce mélancolie l'amenaient à rêver, alors que le goût tendre et sucré d'un dernier baiser ne semblait plus vouloir quitter ses lèvres. Il se mit à marcher, tant à contre-cœur qu'heureux d'être encore si plein de ce nouveau bonheur, vers son appartement dont déjà il sentait aujourd'hui, au-delà du froid de la solitude habituelle, la protection d'une retraite sûre qui permettrait d'échafauder de futures batailles bien plus ambitieuses. Il se jouait de la grisaille de ces rues vides puisque chaque pas marquait le chemin qui le ramènerait vers cet océan de plénitude, et que même la plus faible lueur lui rappelait le feu intérieur qui l'animait. Ce n'était pas une séparation, mais un au revoir auquel il s'évertuait à penser pour chasser la moindre ébauche d'un doute que pouvait laisser planer une si soudaine complicité des corps et des âmes. Et tout en marchant, il pensait aussi, se connaissant à force d'amours déjà laissés au passé et dont les souvenirs s'effaçaient plus vite encore depuis quelques heures, combien il lui faudrait à présent de courage pour lutter contre l'insidieux poison de l'attente, ce temps qui laisse volontairement planer les ombres d'un peut-être pouvant se mouvoir en jamais s'il lui prenait de ne pas croire, ne serait-ce que dans un instant de lassitude, aux rêves. Il lui faudrait faire taire cette peur qu'elle puisse également douter et jeter son regard vers d'autres cieux en ne voulant point souffrir d'une absence de leurs étreintes. Les nuits seraient à présent courtes, toutes animées par le désir et minées d'une indicible angoisse de pouvoir tout perdre. Il lui faudrait entretenir cette fragile flamme qu'un souffle pouvait tuer sans même en avoir l'intention, dans l'invention de mensonges supposés mais n'ayant pour autant pas le moindre commencement d'un indice permettant d'échafauder une tragédie.

Voilà donc en quelle agitation il se trouvait en pénétrant dans son confortable intérieur, jetant négligemment sa veste sur le dossier d'un fauteuil et, comme il lui était à présent impossible de dormir, se servant un verre de son whisky préféré, en sachant qu'il lui serait alors aisé de sombrer dans la langueur des parfums de ce breuvage, délassé doucement par les vapeurs de l'alcool, les saveurs de tourbe, de vanille, de noix laissant un voile légèrement huileux à chaque gorgée. C'était une autre forme de plaisir permettant de pénétrer plus encore en des réflexions profondes, en sondant le sens de la vie, quoique cette fois ce n'était pas l'absence de vie qui l'intéressait mais la nouvelle intensité qu'elle venait de prendre.

Comme à son habitude il se réveilla tôt, non par souhait ou nécessité, mais par cette obligation que lui faisait un cerveau suffisamment reposé pour recommencer à penser et vouloir passer en revue chacun des problèmes qu'il faudrait aborder soit ce jour, soit dans un avenir proche. Et ce matin, le souci qui dominait son esprit était de savoir si elle pensait autant à lui qu'il pensait à elle. Dans ce partage supposé de désirs, il lui semblait nécessaire qu'il y ait une égale force pour ne pas donner en vain des espoirs qui, comme ces châteaux de sable trop près du rivage, se retrouvent grandement endommagés dès la première vague un peu plus hostile et dont on regrette le temps passé en pure perte à les bâtir. L'aimait-il, donc déjà ? Ainsi allait se passer cette journée, à imaginer tous les moyens de revoir avant l'heure la douce amante d'une soirée, et arracher son âme à ces dilemmes pour travailler eut été comme demander à un artiste en pleine création de s'astreindre aux basses besognes matérielles du quotidien. Il y pourvoirait bien plus tard ; un plus tard fondé sur des espoirs de réussites et sur des sentiments agréables bien qu'incertains, qu'il voyait déjà fleurir, qui rendaient évidemment simple à rattraper - lorsqu'il serait rassuré - le labeur évité ce jour.

Comme il aurait aimé qu'elle lui écrive pour pouvoir lire combien elle le désirait, mais il savait ce souhait illusoire et pourtant il ne pouvait s'empêcher de guetter à chaque minute un mot, comme l'on espère un peu vainement le soleil salvateur dans une froide journée d'automne où seule la pluie à rendez-vous et où les heures passent trop lentement faute de pouvoir sortir. Il aurait pu lui-même lui écrire et jeter en brassées tous ses sentiments dans une myriade de compliments, mais lui dire maintenant n'était-ce pas lui en dire trop et l'ennuyer si elle ne partageait pas encore toutes les vibrations qu'il lui supposait ? A moins que lui dévoiler trop rapidement son amour ne lui laissa un territoire conquis si facilement qu'il n'ait plus alors l'attrait pour qu'elle se batte et qu'elle en détourne les yeux en sachant bien qu'elle pouvait dès à présent le conserver quelques fussent ses péchés ? Ils avaient convenu de se revoir ce soir, néanmoins il était pris de tourments et d'incertitudes, dans un état fébrile d'une attente impossible et il lui fallait combler les heures qui s'étiraient indéfiniment par quelques palliatifs pour se distraire de son absence.

Pourtant, il eut été tellement plus sage d'étouffer dès maintenant cet amour, naissant trop violemment pour ne pas deviner qu'il lui apporterait les mêmes tourments que ces enfants trop pleins de vie qui usent chaque instant de repos en des demandes incessantes et finissent par éreinter l'esprit au point qu'il en perde toute lucidité. Mais il ne pouvait s'y résoudre, ni rechercher une amie plus rapide à se manifester et satisfaire ses désirs, sans être vénale, car en cette situation trop simplement acquise, il eut été quasiment convenu qu'elle fut trop fade, sans personnalité, et probablement sans intelligence – qualités qu'il supposait être les atouts de sa nouvelle amante - et son charme se confondrait bien vite avec la monotonie et le triste confort d'une existence sans relief.

Pendant qu'il pensait aux difficultés de la revoir, stimulantes pour un esprit fécond, déjà d'autres réflexions naissaient. Si certes, elle semblait posséder les qualités précitées, accompagnées d'un goût pour l'art et la littérature, et requises pour lui plaire – du moins ce fut ce qu'il ressentit de ces premiers contacts, et cela lui était agréable - était-ce vraiment suffisant ? Peut-être que ce qu'il aimait avant toute autre chose, était un amour difficile à conquérir, un amour qui le mette à l'épreuve, mais qui soit sûr et sans borne une fois acquis. Pouvoir ainsi la posséder alors que rien ne le laisser supposer, et, certain de ce sentiment d'appartenance, la désirer ainsi plus encore et accroitre son emprise comme une sorte de jeu sans fin - quand bien même elle ne serait l'exacte femme qu'il dessinait chaque nuit dans ses rêves - n'était-ce pas cela sa vision de l'amour ? Il avait pour l'instant la fascination que l'on a pour un art qu'il faut découvrir et comprendre pour le maîtriser, cet essor intellectuel si prompt à nous élever vers de nouveaux horizons. Était-ce seulement l'effet de la nouveauté ?

Toutes ces interrogations se bousculaient dans sa tête, à lui faire perdre la raison et laisser naitre une angoisse indomptable. Il lui fallait au plus vite être rassuré et cela impliquait d'avancer le temps, le meubler sans réfléchir. Le plus sage était donc de sortir, aller faire quelques courses distrayantes. Pourquoi ne pas déjeuner aussi en ville ? Y retrouver un ami ? Mais retrouver un ami pour lui parler de quoi, tant son esprit était submergé par les sensations de l'amour, esquisses du bonheur qu'il ne souhaitait pas partager si tôt, trop tôt, alors qu'il ne s'agissait peut-être que de chimères. Sortir pour déjeuner seul ? Oui, et observer la foule, chercher du regard quelques femmes qui lui feraient songer à sa belle, ou quelques jeunes couples, en contemplant ces doux moments qui allaient aussi s'offrir à lui. La devanture rouge de la brasserie Chez M. - où il avait table ouverte - le rassurait, comme garante de confort, de calme et de qualité, et l'invitait à entrer, à se poser sur l'une des banquettes moelleuses qui aménageaient si bien cet espace aux tables en bois verni et gainé d'un laiton finement ouvragé, où pour quelques instants il était permis d'oublier le monde, de goûter à la douceur des velours, au charme des grands miroirs renvoyant à l'infini une image hors du temps présent. Il pouvait alors laisser son âme vagabonder, passer d'une histoire ancienne à un rêve et d'un rêve à une histoire ancienne, se demandant ce qu'il avait aimé, et plus encore s'il avait aimé car en cela rien n'était sûr. Il lui fallait décortiquer d'abord ce qui dans ses rêves le séduisait puis transposer ces découvertes à la réalité et en deviner alors ce qui avait pu lui plaire chez ces femmes. Travail fastidieux, amer aussi, car il mettait bien plus en exergue les défauts de ces liaisons que des aspects positifs. Il pouvait y avoir trouvé sans trop de déception un plaisir charnel, la beauté d'un visage, un sourire, les courbes d'un corps, mais comme cela était mal rétribuer ces périodes de vie commune, car c'est un plaisir facile à se procurer qu'il soit éphémère ou non. Il y vit aussi une autre raison, plus dérangeante, et dont il prenait de plus en plus conscience ces derniers temps, qui touchait finalement intimement à sa personnalité jusque-là un peu dilettante, et également égoïste, le poussant à n'avoir probablement recherché que la quiétude d'une compagnie, une présence pour ces moments où il souhaitait vivre à deux sans pourtant ne rien vraiment partager, enfermé si fréquemment dans son bureau, auprès de ses livres. Ce qui avait deux avantages non des moindres, qui étaient d'avoir à domicile les plaisirs d'une femme et de ne pas devoir se soucier des petits tracas de l'intendance quotidienne, quand bien même il employait très régulièrement une femme de ménage. Il avait donc détesté la solitude au point d'avoir pu laisser entrer des histoires sans attrait autre qu'une présence féminine, mais c'était peu pour combler une vie et aujourd'hui il espérait mieux. Était-ce seulement possible ? L'Amour était-il seulement abordable en le souhaitant éternel ou n'était-ce que se leurrer de penser qu'il puisse partager un jour ses plaisirs, sa passion pour le beau, l'art, la littérature, l'évasion, en trouvant celle qui comme lui rejetterait la simplicité de vies se bornant à jouir du banal, du médiocre, du quotidien étriqué où la réussite ne se mesure qu'à l'aune de la possession d'un pavillon de banlieue ressemblant à l'infini à tous ceux qui l'entourent, posé sur un jardin tiré au cordeau et entretenu si méticuleusement qu'il se fond dans la masse au point d'en être sordide ? Oui, la banalité l'affligeait, et il n'y voyait qu'ennui, et avec un certain pessimisme, un dégoût de ce genre de vie et de lui-même dans une acceptation par paresse plutôt que de se battre. Le doute le saisissait. N'allait-il pas à nouveau se jeter dans cette médiocrité ?

Ainsi le temps s'écoulait doucement, égrainant les minutes. En regardant la foule, depuis un petit renfoncement baigné du doux soleil d'avril pénétrant par les grandes baies vitrées, il remarquait ces hommes et femmes pressés, sans grâce, courant vers quelques activités plus ou moins lucratives, ou traînant un flot de gamins capricieux, souvent fatigués, grognant, parlant trop fort, allant de boutique en boutique, et se félicitait de ne pas côtoyer le tumulte et l'odeur poisseuse de la rue. Parfois, sous son regard exercé à cette triste contemplation, il se détachait enfin de cette masse peu engageante, le visage d'une adorable nymphe qu'il aurait aimé tenir un instant près de lui, en prenant le risque que son sourire ne soit que son seul charme et que la distraction ne soit que trop courte. Revenait à son esprit alors la douceur de cette rencontre, la veille, et des promesses faites peut-être un peu trop rapidement, d'une longue histoire hors d'un quotidien si fastidieux à accepter. Il fallait que les heures passent encore plus rapidement, la retrouver, la saisir pour mieux la respirer et s'assurer de la réalité de ce rêve. L'après-midi serait consacré à la lecture, car au moins cela lui permettrait de patienter dans les bras protecteurs de son vieux fauteuil en cuir, tanné et nervuré par ses longues pauses, où, lové confortablement, il s'absorbait généralement dans des histoires de romances et de fougues de héros imaginaires quand il délaissait quelques études historiques.

Le tic-tac de l'horloge comtoise fouettait les heures dormantes pour les faire implacablement avancer et à ce petit pas de marche 17h00 finirent par sonner. Il fallait abandonner les songes et se préparer à sortir pour vivre cette belle soirée. Oh, les choses étaient simples, le diner serait une dînette fait de Saint-Jacques poêlées et disposées en salade, qu'il cuisinerait lui-même, probablement en s'étant préalablement approvisionné auprès de cette merveilleuse poissonnerie qui si souvent lui ouvrait quelques huitres quand il désirait un repas rapide. Il n'oublierait pas le geste galant d'un bouquet de roses, rouges évidemment, accompagné d'un charmant petit mot tel que :

"A celle qui fait briller mes yeux plus que l'éclat d'une lune argentée, me laissant pour source de vie, la fraicheur de son teint et ses lèvres sucrées, le délicat parfum des désirs et des promesses d'avenir".

Et, alors qu'il allait, ce fut une petite mélodie qui lui revint en tête - ces phrases si simples et si claires, cent fois rejouées à l'infini - comme courant après le temps sans jamais le rattraper, car son temps était celui des souvenirs, des désirs exaltants, brillant devant lui et toujours se dérobant. C'étaient les souvenirs d'une jeunesse appelant l'amour, marchant au côté d'une jolie fille, lui tendant la main sans pour autant la saisir et sans jamais s'arrêter, car s'arrêter aurait été achever cette quête et en perdre l'attrait. S'unir dans un baiser, c'était déjà trop se voir donner, et finalement perdre cette beauté pour découvrir la banalité d'une histoire et connaître le temps ravageur. Cette petite musique c'était tout son être qui cherchait inlassablement l'insaisissable, avec bonheur, avec tristesse aussi, et sans fin. Chacune des notes lui rappelait ce pas, haletant, souriant, virevoltant jusqu'à l'épuisement, puis reprenant son rythme calme pour mieux recommencer. Tout était là, toute sa vie en quelques mesures, une vie où rien de plus beau que l'espoir d'aimer ne pouvait être. Non pas finalement être aimé, car même si cela est agréable c'est trop simple et lassant, mais espérer aimer. Et pour cette chimère de tendresse, de beauté, de douceur, il s'enivrait de rêves improbables, guettant celle qui serait capable de déclencher cet amour, sans jamais pourtant la voir. Chaque fois cette simple composition le rappelait à ce rêve inachevable. Il se dit alors que l'espoir qu'il mettait dans cette rencontre était un peu vain et naïf, il l'aimerait, sans nul doute, sans pour autant être comblé. Il serait aimé peut-être, un moment au moins, mais pas une vie car il s'aurait involontairement se rendre distant et mal aimable. Mais cet amusement plus ou moins long aurait l'avantage d'être un éventuel possible ou de distraire sa solitude, même si elle devait le porter à une plus sourde perplexité. Enfin, il allait essayer, puisqu'elle était agréable. Et puis ne pourrait-il tout de même pas dire : "J'ai été aimé, et j'ai aimé dans la mesure de ce qui m'était possible", en faisant alors abstraction de ses illusions ?

Elle était là, ravissante dans sa robe au large décolleté, laissant paraitre toute la volupté de ses courbes généreuses, elle embrassait divinement bien, faisant en un baiser naitre une fusion passionnée, et ce fut son premier geste quand il eut passé le seuil de cet intérieur douillet. Il ne s'était pas trompé, elle avait su créer l'atmosphère cotonneuse d'un salon où l'on se laisse happer par les coussins, les lourds rideaux beiges isolant du monde importun et les tapis épais étouffant les pas pour mieux conserver l'intimité et la douce chaleur de la pièce. Les roses rouges trônaient déjà sur un petit guéridon, et les quelques mots griffonnés si simplement gagnèrent un tiroir à secrets, ces exquis secrets de femme lus et relus quand elles ont en elles le goût des mots doux et les larmes faciles de la romance. Mais qu'importe les détails ou le rafraîchissement servi, ses désirs n'étaient alors que caresses et l'heure tourna autour des plaisirs des corps, de la tendresse et de l'amour. Le dîner devait attendre, il fut tardif, délicieux autant qu'il put exercer un instant son art à sa préparation, interrompue bien souvent par des regards ou des gestes délicats, laissant doucement glisser les amants vers une nuit où le repos ne serait pris qu'après l'épuisement total. Elle était divine cette nuit-là et ce fut encore l'amour au réveil, dans les premiers traits du soleil passant par les persiennes, moment divin, laissant un instant de magie hors du temps, avant de replonger trop prestement dans le bruit, la foule et les obligations d'une journée si fade qu'elle allait être d'un ennui mortel. Il sortit après un dernier échange langoureux, et la porte fermée, glissa dans sa boite aux lettres un petit pli fait ainsi :

"Mille plaisirs pour mille désirs,
Mille envies pour chaque nuit,
Tu as, douce chérie,
Possession de ma vie"

Façon élégante de lui rappeler son attachement et d'éviter qu'elle ne l'oubliât. Car oui, la journée allait être morne, sans saveur tout comme les suivantes. Elle avait bien trop d'activités pour accepter dès maintenant de le revoir le soir même. Il faudrait patienter. Ce qui, évidemment suscitait bien des tourments et des interrogations. On ne peut imaginer ce que l'attente cause comme douleurs, surtout quand la promesse est lointaine. C'est le cœur qui se sert en pensant à combien il est possible de faire d'autres rencontres qui pourraient marquer soit une rupture, soit une autre aventure parallèle, mais surtout une sensation de ne pas être aimé autant qu'il le faudrait. Ce sentiment d'être remplaçable est à double tranchant, laissant la possibilité de se surpasser pour témoigner son désir ou de relativiser celui-ci pour soi-même ne pas s'interdire d'autres conquêtes. Aimer devient alors l'art d'oublier le monde pour se persuader qu'il n'est composé que d'une seule personne, mais à ce jeu, que l'on entretiendrait trop et trop seul, il y a le risque d'une chute mortelle. Il lui fallait mesurer ce risque. Devait-il le prendre ? Il sentait bien qu'il s'agissait d'une nouvelle aventure, exaltante par les plaisirs qu'elle promettait, mais risquée tant il faudrait s'embarquer sans gouvernail, sans boussole, à la force de croyances et non de certitudes. Frêle esquif dans un océan de pensées contradictoires, ballotté d'illusion en illusion entre les récifs tranchants des doutes et de la jalousie, il faudrait tenir le cap incertain de l'amour, en gardant l'ardent souvenir de ces heures qui n'avaient pas ressemblé aux autres, de cette découverte laissant bien insipides les anciennes conquêtes. Ah, comme le charme de la nouveauté, car peut-être n'était-ce que cela, était grisant. Il détachait déjà les amarres et sentait inconsciemment le piège se refermer.

Cependant, pour ce jour, il était à nouveau seul, et dans cette solitude pesante où le doute était blotti à chaque coin de son âme, il faudrait grignoter les heures d'incertitude, forcer le temps, et donner une confiance en cette histoire étrange où se retrouver était si compliqué, en se montrant à la fois élégant, présent, sans être pressant, pour voir jusqu'où cela pouvait mener. Il se dit que finalement, son appartement confortable, son fauteuil et ses distractions sauraient être de bon réconfort pour attendre. Ses moyens lui permettaient de ne pas avoir trop à se soucier de tâches obligatoires, de travaux auxquels d'autres étaient contraints et de jouir de ses heures avec une certaine liberté. Cette liberté, il l'appréciait particulièrement, et pourtant aujourd'hui il en arrivait à envier ceux qui, par choix ou obligation et plus généralement par manque d'esprit, se voyaient pris dans la spirale du travail. Ainsi il y avait en effet les gens qui menaient volontairement une vie de labeur qui absorbait toutes leurs pensées, ne portant pas d'attention particulière au foyer qui les entourait, ou bien ceux qui se contentaient de l'ordinaire d'une vie toute tracée, bornée par des habitudes, un amour égal, et, il savait, dans les deux cas, cette monotonie réconfortante où chaque chose était invariablement à sa place, figée, et chaque heure se déroulait avec de façon convenue, sans aucun désordre possible, ce qui pour la plupart ne leur laissait pas l'autorisation, bien trop perturbante, de s'interroger. Parfois il désirait cette tranquillité d'esprit reposant sur une routine rassurante. Mais bien vite il se reprenait. Il avait déjà vécu ces heures lentes, en d'autres circonstances, ces chemins balisés de certitudes, où finalement l'amour s'émoussait lentement, se perdait de jour en jour pour ne devenir qu'une complicité amicale, un paysage quotidien relativement agréable mais sans surprise. L'amante devenait l'amie, les désirs charnels se transformaient en moments répétitifs et laissaient petit-à-petit place à la tendresse d'un sourire ou d'une caresse, puis à des discussions de plus en plus banales à force de trop bien se connaitre, le point d'orgue étant quand un journal ou bien la voix nasillarde sortant d'un de ces appareils fait pour distraire la solitude venait à combler les plages de silence, à prendre l'entière place des soirées amoureuses et que le lit ne devenait plus que l'instrument du sommeil…et cela, il en était persuadé, arrivait forcément et plus vite encore quand l'esprit n'était pas en éveil pour trouver des sujets de renouvellement et de création. En tout état de cause, les liens si distendus du désir lui auraient aussi laissé aisément la possibilité de concevoir des soupçons quant à des infidélités probables, et cela n'était donc pas plus propice à sa tranquillité, et ne pouvait donc être considéré comme une solution à trouver un repos certain. Trop lisse, trop plate la vie n'avait pas de saveur, et agitée et incertaine elle était usante, cela constituait bien un dilemme insoluble qu'il préférait laisser sans réponse en se remémorant les plaisirs de la veille et en s'abandonnant aux notes suaves d'un cigare pour se mettre à rêver. Ainsi passèrent les heures, lentement, dans l'atmosphère molle et feutrée des souvenirs. Entre deux pages, surgissaient les vestiges des passés amoureux, les comparaisons, l'intensité de certaines heures, sans regret dans ce que furent jadis ces voyages des sens, tous différents et clos depuis déjà longtemps.

Quel ne fut pas son bonheur dans la soirée de recevoir un message doux de son amie, le remerciant de son billet matinal et lui proposant un déjeuner le lendemain, tout en s'excusant de n'avoir plus de temps à lui offrir alors même qu'elle l'aurait souhaité. Un bonheur un peu cruel tout de même, car il n'octroyait qu'un court moment ensemble et laissait une ambiguïté. Ce peu de temps, pourquoi ? Comment pouvait-on ne pas prendre le temps pour celui que l'on désire ? Mais, et sans doute, était-ce un peu tôt encore pour bousculer les habitudes, changer l'ordre établi, donner du temps à l'incertain, dans des sentiments peut-être trop peu affermis.

Brasserie à la devanture verte, banale, carte simple, le lieu ne laissait guère de doute sur les intentions de la Dame, elle n'avait pas la possibilité, ou le souhait, de flâner en causeries. Il fut, comme cela se devait, le premier arrivé et utilisa ces minutes d'attente à étudier les vitrines des commerces avoisinants, sans y trouver le moindre réconfort, ni le moindre intérêt réel. Il essayait tant bien que mal de se donner un air distrait mais tout son corps était tendu dans l'espoir de la voir enfin arriver sur cette petite place. Soudain il l'aperçut enfin au loin. Les minutes lui avaient semblé s'éterniser et il se mit immédiatement en marche à sa rencontre. Ce fut une brève étreinte, pleine de sourires où il lui parut percevoir une joie bien réelle, l'esquisse d'un amour plein, entier, et il aurait voulu saisir cet instant, le savourer longuement, mais déjà leurs pas les menaient à l'intérieur. Il sentit un imperceptible décalage entre ses sourires si tendres et des explications denses, teintées d'excuses auxquelles il ne pouvait se dérober, pour lui signifier que cette heure ensemble était un luxe et une attention toute particulière qu'elle ne saurait renouveler fréquemment, tout comme il lui était tout aussi peu évident d'avoir des soirées et des nuits libres. Bien sûr elle le voulait, mais entre son métier constitué de contraintes plus ou moins tardives, de travaux préparatoires nécessités par celui-ci, et sa vie de mère, cela était compliqué. Elle avait, et c'était là le premier des écueils à une relation quotidienne ou du moins aisée, d'une union précédente un enfant auquel elle souhaitait consacrer du temps en femme célibataire. Dans ce flot de paroles, il comprit à demi-mot qu'elle ne bouleverserait pas son quotidien avant une durée qui prenait ici la presque tournure des fameuses « calendes grecques », et que la patience était nécessaire à son amour. Mais son air enjoué et la délicatesse qu'elle mettait à poser ses mains sur les siennes valaient bien qu'il pardonnât cet aveu et le portaient faussement et naïvement à croire que l'amour permettrait de raccourcir ces attentes. Ainsi ce déjeuner se termina sur des promesses de se revoir vite, tout en laissant flotter une large incertitude sur ce bientôt auquel elle ne souhaitait pas répondre, ce qui inconsciemment l'angoissait sans pour autant qu'il montra trop d'empressement afin de ne pas la contrarier, et ils se quittèrent en laissant aux yeux de tous l'image belle et enviée d'un amour sincère et puissant.

Chapitre 2

Une longue attente

Les jours s'égrainaient donc entre échanges de petits billets doux et recherche de solutions pour passer un peu de temps à ne serait-ce que se tenir la main un instant, pour une promenade dans un parc, un échange de regards et de mots tendres. Et, bien que tout ceci semblât compliqué, les espoirs partagés, les attentes atténuées par la chaleur de leurs écrits, qui permettaient de patienter un peu au moins, finirent par être récompensés par une belle après-midi dans les allées ombragées des chemins forestiers bordant cette ville. La douceur du temps permit en toute quiétude de flâner, avec une légèreté et une complicité des gestes qui ne furent qu'enchantement. Ils se comprirent sans même avoir à parler, dans une union des désirs et des attentes qui laissait supposer une multitude d'heures complices et un avenir serein. Se serrant l'un contre l'autre, ils évoquèrent les jours, les semaines à venir où tout semblait enfin possible, comme si, ce qui n'était pas jusque-là n'était en réalité dû qu'à une timidité trop intense enfin vaincue.

Ainsi, ce fut le jeudi suivant, car pour une fois elle était seule, qu'elle lui permit de revenir passer une nuit, et ce fut de nouveau le tourbillon des sentiments de bonheur, des baisers fougueux, des plaisirs d'amants, le chatoiement des lumières tamisées offrant à la pénombre des délices infinis, la douceur d'un abri les retranchant du monde, du présent et offrant cette plénitude que des amants comblés peuvent ressentir. Le spectateur non averti eut pu y retrouver tous les aspects d'un bonheur parfait, d'une symbiose complète, et se retirer à pas feutrés, rassuré d'un avenir prometteur. Mais l'observateur, celui qui ne s'arrête pas à la surface des sentiments, et qui, aguerri, sait plonger dans les profondeurs de l'âme et de ses tourments aurait sans hésitation noté les premières prémices d'un doute ténu, tout juste éclos, mais lancinant, qui s'immisçait dans cette complicité. Il y avait quelque chose de troublant dans ce cocon chaleureux qui ne lui échappa pas, mais dont il ne prit vraiment conscience qu'après coup, et qui n'eut ensuite de cesse de grandir en douloureuses interrogations. Sur le chemin qui le menait chez lui, il revécut chaque instant de cette farandole de gaietés. Il avait très certainement enjolivé un peu par ses rêves l'attente qu'il avait de cette soirée, et il se remémora alors avoir un court instant souhaité qu'elle lui jouât un air de piano. Mais elle le détrompa bien vite, ce meuble dans leur duo ne pouvait être que décoratif et non ludique car, contre toute attente de leur première rencontre, elle ne savait pas s'en servir. Ce qui d'ailleurs ne la souciait nullement, l'objet lui plaisait comme luxe d'une pièce, comme un trophée à exhiber, ce qui marqua la première fissure dans les illusions qu'il avait bâties. Il avait tant désiré qu'elle frôlât ces petites parcelles de nacre et d'ébène, l'emmenant ainsi dans la plénitude enivrante de la douceur d'une sonate romantique, alors insidieusement son esprit commençait à former le soupçon – poison versé goutte-à-goutte et qui finit inévitablement par tuer son maître - qu'elle ne partageait pas la même délicatesse sentimentale. Oh, pour l'instant il ne s'agissait que d'une vague trame, mais ce petit cliquetis se rappelait déjà régulièrement à sa mémoire, assombrissant imperceptiblement son humeur. Pourtant, il voulait y croire en ayant formé ensemble déjà quelques projets de sorties et d'heures complices. Ainsi, par un heureux hasard qui voulait qu'elle ait un peu moins d'obligations, il allait les jours suivants partager quelques promenades avec elle en retrouvant à chaque fois cette tendresse suffisamment bien dosée pour atténuer les tourments sans pour autant les guérir complètement. Des récréations qui ne laissaient pas le temps de se percevoir complètement et permettaient en conséquence de conserver le charme de futures découvertes et les désirs que celles-ci soient ce que l'on en espère. Dans ces heures, ses pensées étaient bien plus remplies de ce qu'elle allait faire avant et après ces moments à deux, que de s'inquiéter d'une forme de duperie sur son sentimentalisme et sur ce qu'elle était vraiment. De ne pouvoir pleinement posséder l'autre à sa guise, l'âme tend naturellement ses envies sur l'appartenance charnelle - ce bien si précieux que l'on ne veuille pas le partager ni le voir abordé par une tierce personne - bien plus que sur la communion des centres d'intérêt.

Cependant, il ressentait le besoin de se confier à la fois sur son bonheur et sur ses craintes, avec l'espoir d'un conseil avisé, et quand bien même il savait déjà qu'il n'en écouterait jamais la moindre sagesse, au moins aurait-il matière à envisager cette histoire sous un angle extérieur. Il lui semblait venu le moment de dîner avec son ami, virtuose talentueux pas seulement pour ses productions auxquelles il savait donner un véritable souffle, une puissance nous plongeant au cœur des tourments ou de la sérénité des scènes de vie qu'il dépeignait avec un luxe de détails, mais aussi pour ses connaissances et ses réflexions profondes sur la société et ce détachement qu'il avait pour le matérialisme qui caractérisait si malheureusement notre époque. Il aimait leurs longues discussions, autour de quelques bons vins, et l'échauffement fécond de leurs esprits qui par sentence irrévocable condamnait les travers de tel homme connu ou de tel mouvement à la mode. Ainsi par exemple, proscrivaient-ils le ces anglissimes ridicules dont abusaient les journalistes pour donner à leurs articles un snobisme saugrenu, et si risible qu'il se confondait fréquemment avec celui de ces gens sans culture et n'ayant pas la connaissance de la richesse de notre langue; ou bien désapprouvaient-ils la mascarade du jeunisme ambiant, laissant croire que des étudiants étaient mieux à même de présider la destinée du pays, qui se confondait en réalité avec un machiavélisme visant à influencer et formater des esprits n'ayant pas encore le sens de la vérification, de la comparaison et de l'analyse. Ils avaient toujours matières à discourir en étayant d'anecdotes et de digressions ces heures qui les emmenaient sans mal fort tard dans la nuit. C'est donc en toute confiance qu'il relatait cette rencontre, décrivant en détail les aspects positifs et attrayants de l'aventure, et ne négligeant surtout pas les points d'inquiétude qu'il avait. Ce n'était plus le regard serein et joyeux qui illumina alors le visage de son ami, mais celui du sérieux, faisant passer le désir de convaincre qu'aurait un apothicaire nous vantant les mérites de quelque potion amère, que nous achèterions alors par politesse en sachant qu'elle resterait prisonnière d'un placard jusqu'à oublier son existence. Lui, toujours prêt à composer et s'effacer pour préserver la relation qu'il entretenait déjà depuis nombre d'années avec sa compagne en se retranchant dans son travail, semblant avoir acquis cette sagesse de l'observation et du détachement, ne pouvait que s'alarmer de cette nouvelle histoire – puisque ce n'était pas la première – inquiet qu'elle se terminât, comme les autres, en un naufrage. Il le mit en garde car il connaissait ses moments d'exaltation, ses vies de couple puis ses ruptures le plongeant dans un moment de dépression intense, puisqu'il n'y avait pas seulement dans cette douleur la séparation, mais aussi et surtout la sensation de s'être épris à tort d'une de ces femmes qui ne sont que duperie par intérêt ou parce que simplement trop superficielles. Ce qui dans les deux cas oblige à convenir d'une absence fâcheuse de discernement suivie de regrets amers, surtout au regard du temps perdu quand il eut pu être employé à de meilleures rencontres. C'est donc avec une grande conviction que le romancier aux palettes étoffées des milles petits détails de la nature humaine, le prévint de la duplicité éventuelle de la jolie dame, du recul nécessaire, du calme indispensable à garder pour nouer cette histoire ou bien la dénouer avant de courir au drame. Au fond, il n'avait dans cette discussion passionnante pas résolu son problème, n'obtenant là ni une réprobation, ni un encouragement, mais seulement un conseil de prudence, qui suivi, ne ferait que rallonger le temps en prenant le risque d'amoindrir les sentiments. Si pour faire bonne figure il en convenait, il savait que ce brouillard ne l'empêcherait pas, au contraire, de poursuivre la voie qu'il s'était déjà tracée ces jours derniers. Il eut préféré une interdiction franche et claire, à laquelle il aurait obtempéré pour ne pas froisser une amitié sans faille, mais par une crainte identique, cette interdiction ne pouvait lui être donnée et il avait surtout usé de ce moment pour partager une soirée les ayant amenés à confronter différentes vues sur l'amour dans l'atmosphère intimiste et relaxante des volutes de cigares complétant à merveille le long diner de viandes en sauce et de gâteaux variés qui convenait parfaitement à ces invariables amateurs des plaisirs culinaires. Dans ces moments, il en oubliait les femmes et il lui paraissait que sa vie pourrait finalement n'être que ceci tant il en retirait une quiétude des sens, un moment d'absolue satiété de l'âme. Ainsi s'achevait ces réjouissances qui paradoxalement l'avaient mené en dehors de ses tracas quoiqu'ils aient été le sujet principal des conversations, prenant là une hauteur de vue pour observer non plus une réalité personnelle mais un cas d'étude sans en être touché. Parenthèse heureuse qui l'égayait particulièrement.

Tout encore à cette bonne soirée, et d'humeur optimiste et joyeuse, le lendemain il recevait une invitation à une représentation musicale dont elle lui avait parlé déjà plusieurs fois, semblant ainsi montrer son intérêt pour les œuvres classiques. Il se faisait une joie de ce goût car ce serait un thème de sortie bien plaisant à renouveler, et puis, il lui semblait qu'elle en profiterait à l'issue pour lui présenter quelques-unes de ses amies, ce qui lui permettrait d'entrer un peu plus dans son monde. C'est donc avec grand soin qu'il choisit un costume de lin crème qu'il compléta par un Panama pour apporter une touche d'élégance. Elle-même s'était faite tout à fait désirable dans une longue robe rouge et ils étaient un couple parfaitement agréable à regarder alors qu'ils entraient dans la salle du théâtre où devait se jouer ce concert. Mais déjà, sitôt qu'il se dirigea vers leurs places, elle l'abandonna, se portant de droite à gauche pour apercevoir et saluer telle ou telle personne de plus ou moins grande importance, ou du moins qu'elle considérait ainsi, en tentant des flatteries un peu grotesques. Lui savait que ces nombreux petits notables étaient ici uniquement en représentation pour eux-mêmes, leur carrière n'ayant guère autre envergure que celle d'avoir eu à un moment une vague fonction dans les milieux politiques de la municipalité qu'ils désiraient voir renaître ou se consolider, ce qui ne démontrait en rien un quelconque talent et encore moins un réel pouvoir que pourtant ils essayaient de feindre. Elle tourbillonna ainsi de très longues minutes en donnant une sorte de ballet pour le moins dérangeant pour les autres spectateurs en train de s'installer et il fut un peu surpris de cette attitude, qui l'interpellait, tant par des manières qu'il pensait devoir être plus agréables, que par ces rond-de-jambes qui ne pouvaient qu'attiser sa jalousie et lui laissaient supposer des gestes ou des paroles bien plus équivoques lorsqu'elle était en d'autres lieux où il n'était pas présent. Mais, en revenant près de lui et en lui souriant avec un regard qui se mit à briller plus intensément qu'à l'habitude, il ne put qu'y déceler la flamme consumant une âme amoureuse dans un brasier de désirs et les délices que cela promettait. La caresse de sa main se posant sur la sienne lui fit immédiatement regretter ces instants d'humeur et le poussa à saisir tendrement son bras en lui pardonnant intérieurement ce manque de discrétion. Elle l'aimait ! Du moins le croyait-il et s'en persuadait-il aisément. Il sombra dans les premières mesures que donnaient déjà les musiciens, sans s'apercevoir de l'impatience qu'elle montrait et qui dénotait sans doute un ennui à écouter les notes harmonieuses s'élevant de la scène pour emplir un a un d'un doux parfum de romance les travées de la pièce. Noyé dans les impressions de mélancolie et de rêverie qu'avaient sur lui les mouvements des morceaux successifs, il s'isolait du monde gardant comme seul lien avec le réel cette main un peu fiévreuse jusqu'à la fin de la représentation. Après avoir copieusement applaudit les artistes, ils sortirent rapidement pour être aux premières loges afin qu'elle puisse encore saisir au vol quelques vagues relations, et surtout, retrouver ses amies qu'elle avait presqu'ignorées jusque à présent. Les présentations faites, le groupe se dirigea vers l'un des petits restaurants de la grande place où, pour faciliter les conversations, elle avait eu l'initiative de réserver une table ronde dans ce lieu qui lui était familier. Quoiqu'il se montrât très courtois avec chacune, qui individuellement n'était pas désagréable et qui même pour une ou deux auraient été agréables à connaître un peu plus s'il avait été en d'autres temps, l'ensemble formait un tout quelconque. Était-ce dû au lieu qui n'avait en réalité guère de charme, avec ses chaises en bois bon marché et ses nappes défraîchies sur des tables trop proches les unes des autres pour pouvoir conserver l'intimité des conversations ? Était-ce dû aux tenues formant un étrange patchwork de couleurs et de formes qui convenait au lieu, mais pas à ce qu'il appréciait dans sa recherche de l'esthétisme qu'il aimait voir appliqué dans les cadres où il prenait place ? Sans doute ces dissonances jouaient négativement sur le ressenti qu'il avait de ce diner, mais il y avait autre chose, quelque chose de plus criant encore et à laquelle il ne s'était pas préparé et qui était la platitude des conversations. De ceci il eut fallu qu'il le sache auparavant pour pouvoir facilement en détacher son esprit et en rire, comme lorsque l'on entre dans une auberge de voyageurs où l'on ne peut s'attendre qu'à la simplicité rustique du décor et des mets, tout en appréciant cette pause puisqu'on la sait que momentanée et qu'il y domine alors l'impression de participer par jeu à la découverte d'une société dans laquelle on ne restera pas. Hélas, il n'en avait pas été prévenu ! Ces échanges se bornaient aux banalités du quotidien, rompant abruptement avec l'envolée majestueuse de son esprit qu'il avait ressentie l'heure d'avant tout à l'écoute de ces merveilleux musiciens. La soirée s'enlisait dans les propos fades concernant tel ou tel enfant, telle ou telle plantation de jardinage, telle ou telle petite mésaventure quotidienne, ..., et jamais ne s'ouvrait à une réflexion sur la peinture, la littérature, la philosophie, ou tout autre sujet permettant un travail intellectuel un peu consistant. Il n'avait appris ce soir-là que des conseils pour bouturer un prunier, prendre le meilleur itinéraire pour aller en tel village aux alentours, arranger une salade de fruits, ... autant de choses qui ne lui serviraient pas de sitôt, pour ne pas dire jamais. Oh, pourtant il y eu un sujet un peu plus intéressant, mais qui ne fut que vaguement abordé, semblant les lasser, à propos d'un futur vernissage d'une petite exposition d'art contemporain devant se dérouler en centre-ville et dont il aurait aimé en connaitre un peu plus, mais nous aurons le temps d'y revenir plus tard dans notre récit. Son esprit ne cessait donc de bondir vers les heures futures, celles de la nuit qu'il passerait avec sa douce amie et il lui tardait de quitter cette cantine. Cependant, il fit bonne figure jusqu'à la fin, jouant de sa jovialité charmeuse et ayant toujours un mot aimable, et il en fut également de même sur le chemin du retour envers son amoureuse, ne laissant rien percevoir de ces petits désagréments. Tout au contraire, il la complimenta sur ses relations tout en espérant secrètement que de tels repas ne seraient pas trop fréquents, et comme elle parlait des difficultés à inviter ses amies du fait de la taille modeste de son salon, il en remercia le ciel, car il leur préférait largement les duos complices et plus intimistes. C'était donc un nouveau trait de cette aventure qu'il découvrait. Il pensait qu'une par une, peut-être, avaient elles un peu de conversation, sinon pourquoi eut-elle fait ce choix ? Mais le saurait-il un jour ? Quoique deux de ces femmes, de celles d'ailleurs qui n'avaient pas le plus d'esprit, avaient des maris un peu plus influents et introduits dans le monde que les autres, alors peut-être étaient-elles de ses relations pour cette utilité supposée ou même déjà éprouvée ? Il se disait que c'était bien éloigné de son meilleur ami, qui ne lui était d'aucune aide intéressée, et dont il aimait tant l'intelligence raffinée. Mais il préférait ne pas s'absorber dans de telles réflexions et profiter du bonheur présent. D'ailleurs il y avait foule de choses plus agréables à discuter, plus pratiques aussi, dans l'organisation de ce qu'il aurait aimé vivre comme relation.

Or, comment se connaitre sans passer du temps ensemble ? Plus de temps. A la fois des moments d'une vie commune très classique, faisant partie de ces semaines où rien ne se passe en dehors du rythme des travaux habituels et des soirées calmes et des moments privilégiant la complicité de loisirs partagés en échappées amoureuses créatrices de ce que l'on nomme de jolis souvenirs – de ceux que l'on n'oublie pas portés par l'intensité accrue de notre attention, de notre émoi, à être justement tout à l'engouement réciproque et magique de ce temps hors du quotidien. Il suffit, plus tard, de tomber par hasard en feuilletant une revue sur un tableau, un château, une plage, découverts en ces moments-là pour que ressurgisse toute entière cette promenade, la chambre d'hôtel douillette, et jusqu'aux détails des plats du dîner du soir, enjolivés par notre amour, et que nous glissions un instant dans la nostalgie de ces heures lointaines. Voilà ce qu'il espérait maintenant, pouvoir vivre ces deux pans essentiels à ce qu'il considérait comme une romance sérieuse. Il souhaitait ajouter à cette idylle une notion de durabilité, non pas qu'il voulait absolument quitter le confort de ses habitudes, mais plutôt pour assurer sa confiance car il n'envisageait pas pouvoir sereinement continuer à se voir ainsi, une soirée de temps à autre. Eut-elle refusé, qu'il aurait envisagé dès lors la possibilité, le droit, de rechercher une autre aventure, même parallèle avant qu'elle ne remplace celle-ci. Alors comment ne pas imaginer qu'elle pouvait avoir les mêmes intentions en le voyant volontairement si peu ? Tout en restant prudent dans les mots choisis, en dissimulant ses craintes, il s'ouvrit donc à elle sur le besoin de la voir plus, et obtint un demi-succès. Il avait bien du mal à cerner la véritable nature de son attachement, tant elle pouvait sembler à la fois fuyante et éprise dans une même phrase où elle marquait sa crainte et l'impossibilité de lui accorder plus et le profond désir de fonder avec lui un avenir heureux, le tout susurré avec un divin sourire dans une proximité troublante. Le point sur lequel elle fondait son refus restait invariablement et avec entêtement le même : la présence de sa fille quasiment tous les soirs. Elle ne souhaitait en aucun cas introduire dans cette relation complice, ayant ses petits rituels, ses horaires, ses discussions de femmes comme elle se plaisait à dire, la présence d'un homme, d'un amant, fût-il destiné à partager sa vie. Du moins, arguait-elle, il était trop tôt pour ceci. Cependant, pour adoucir cette amertume, elle promit de lui consacrer les week-ends où cette jeune personne serait absente, et comme pour graver cet engagement dans le marbre, elle lui proposa de partir dès le samedi matin suivant pour une escapade. Tout à la joie de cette nouvelle, au point d'en oublier ses questionnements, il allait au plus vite s'atteler à organiser pour le mieux ce petit séjour, la questionnant sur ses souhaits.

Elle aimait la peinture, la sculpture, lui aussi et il opta donc pour une exposition temporaire se tenant dans l'un des grands monuments parisiens, alliant ainsi à cette visite la joie d'un cadre historique et le plaisir de renouer avec les larges avenues de la capitale, l'univers haussmannien des façades, claires comme un bandeau d'or sous les traits du soleil, se détachant de l'asphalte et nous conviant au luxe suranné des débuts de notre ère moderne où le classicisme encore vivace de la littérature et de l'art se disputait à l'effervescence des découvertes, des nouvelles créations, dans une explosion de talents dont il reste aujourd'hui tant de noms. Il était toujours subjugué par cette évolution rapide, mais harmonieuse du cadre de vie de la bonne société, qui ne laissait cependant en rien perdre son savoir-vivre, ses codes, sa bienséance. Peut-être, en imaginant ces salons bourgeois qui donnaient encore des après-midis, enjolivait-il involontairement un peu la réalité, mais il lui semblait que ce charme avait disparu aujourd'hui. Il retint donc une chambre près des Champs Elysées, ce qui aurait pour avantage de pouvoir aisément se déplacer essentiellement à pied. Ils arrivèrent le samedi midi et après un rapide déjeuner au Train Bleu ils s'engouffrèrent dans une voiture qui, marquant un arrêt à l'hôtel le temps de déposer leurs bagages, les emmena à cette exposition. Il était enchanté de ce choix qui traitait avec le plus grand soin des pages fastueuses de Venise à travers les œuvres de

Canaletto, Francesco Guardi, Marco Ricci, et de tant d'autres. Il y avait outre tous ces tableaux, des maquettes et les explications historiques des évolutions de cette cité idyllique, dédiée aux songes et flâneries amoureuses qui ne pouvaient que séduire une âme romantique dans la réminiscence tourbillonnante des souvenirs de ses lectures. Combien de couples s'étaient faits et défaits dans ces lieux enchantés, marqués par l'esprit fantasmagorique des Doges et de ces bals où l'inconnu des rencontres était la règle du jeu dans des cadres somptueux à l'excès, majestueusement provocateurs pour que brille ce joyau de l'Europe ? Il y avait tout ici résumé en ces salles successives. Il y avait tant, que la vue se brouillait, l'esprit titubait, happé là, puis là encore, et cherchant à conserver intact chaque scène, chaque détail, chaque couleur, chaque nom pour en faire un souvenir indélébile, car tout ceci était exceptionnel et temporaire. Comme il était heureux de lui faire partager sa joie, et comme il serait ensuite déçu de convenir qu'elle s'y était en fait ennuyée. Mais il ne le percevait pas encore. Pourtant elle sautillait d'œuvre en œuvre, picorant de-ci de-là, s'extasiant de façon enfantine un instant devant tel portrait, puis sans lire une ligne passant au suivant. Ce n'était pas son rythme et il tentait de ralentir cette folle progression, restait en arrière, s'absorbant dans une explication, dans un trait de pinceau, dans la silhouette d'un monument, quand à dix mètres il l'apercevait faire demi-tour et par ricochet repartir d'un bord à l'autre de la pièce. Mais elle souriait, passait déposer un baiser, une caresse, et l'air enjoué faisait un compliment sur cet étalage de beautés. Alors, il pensait qu'elle y prenait plaisir, sans se douter qu'elle n'en retiendrait pas plus qu'une belle balade. Après avoir profité du mieux possible de ce moment, ils sortirent et passèrent la fin de cette belle journée à flâner au soleil, dînèrent dans un restaurant au décor belle-époque et regagnèrent leur hôtel. Il avait choisi une vaste chambre, agréablement agencée et très confortable, un écrin de douceur propice à se laisser aller en tendresses et à s'appartenir l'un à l'autre, puis se fondre dans un sommeil réparateur bien mérité. Le lendemain passa très vite, en quelques emplettes, en promenades – le jardin des Tuileries leur offrit un peu de fraicheur – et ils reprirent leur train heureux et tendrement enlacés. Une pointe de tristesse s'enfonçait lentement en son cœur, serré de quitter le soir même son aimée pour retrouver le quotidien tout en solitude. Il se raccrochait à la joie de revivre bien vite de tels voyages, tout en espérant dans cette attente les prochaines soirées qu'ils passeraient ensemble.

Il l'aimait, il ne pouvait en être autrement en partageant si pleinement ces heures, et dans ces cas-là, par une altération du raisonnement, ce sentiment se voyait attribué de façon naturelle et dans une exacte parallèle à l'être aimé. Aurait-il entendu qu'elle ne le partageait pas, qu'il n'y aurait pas cru un instant, tant la distorsion est inimaginable, impossible à envisager

dans un schéma construit inconsciemment.
Il l'aimait, alors elle l'aimait.

Chapitre 3

Les rêves perdus

Les jours se suivaient, les attentes aussi, et inlassablement il se raccrochait à cette petite musique d'un amour partagé, inlassablement il espérait. Et pourtant son regard changeait sur cette situation, sur cette relation. Par éclairs, son esprit saisissait au vol un instant, un geste, un mot, qui cheminait rapidement et laissait un doute de plus, puis le rangeait dans un des petits tiroirs de la mémoire et reprenait le rythme des illusions. Mais là, emmagasinée pour plus tard, vivait cette parcelle de vérité et de renoncement, elle ne demandait qu'à ressortir et grandir, à compléter d'autres petits fragments gardés secrètement. Il étouffait les bruissements de sa conscience et de sa peine pour ne penser qu'à ennoblir cette histoire. Il sortait, marchait seul, et le long des rues tout lui rappelait son amante, associant, là une affiche de film à un souhait de se retrouver avec elle comme au premier jour, ici le sourire d'une vendeuse à son tendre sourire, ou bien encore ailleurs le charme d'un verre en terrasse à celui qu'il avait vécu en en dégustant un avec elle à Paris. Enfin, quand la mélancolie se faisait trop présente, il lui faisait livrer des fleurs, un parfum ou quelques chocolats, et son plaisir à imaginer le sien en découvrant ces preuves d'amour le comblait de joie, tendant plus encore ses pensées vers la prochaine visite qu'elle lui permettrait de lui faire. Parfois, sur un coin de table, sur un banc, il sortait un petit carnet et griffonnait quelques vers, un poème, qui, touchant trop à l'intimité de ses sentiments, resteraient cachés d'elle, mais qui lui tenaient chaud au cœur et l'emplissaient de fierté de savoir qu'il puisse lui écrire de tels mots avec cet envol si aisé et porté par sa passion. En vieillissant, il se découvrait plus sentimental qu'il ne le fut jadis, comme s'il avait appris à aimer mieux et aussi de façon plus sensible, plus douloureuse, plus troublante, plus profonde surtout en faisant résonner chaque atome de son corps et en stimulant chaque cellule de son intellect qu'il découvrait plus passionné qu'il ne le pensait. Il ciselait ses phrases, associait mieux encore chaque mot, pour former des lettres qu'il n'envoyait pas, pas encore, se promettant de lui donner un jour. Parfois, l'une, plus simple, accompagnait un bouquet. Ainsi quelques semaines passèrent dans cet étrange flottement où finalement rien ne s'était concrétisé plus qu'avant, bien au contraire. Le peu de temps qu'elle lui accordait semblait toujours volé à d'autres intérêts. Quelques soirées, de rares nuits, pas de weekend et au mieux un samedi ou un dimanche qui filait si vite qu'il n'arrivait pas à en retenir les détails et à en vivre sereinement les heures. Et pourtant chaque fois elle le remerciait amoureusement de ses cadeaux, laissant entendre combien elle appréciait ses gestes délicats, si bien trouvés, ou ses écrits charmeurs, en se défendant d'être une muse si jolie. D'ailleurs était-elle jolie ? Elle avait un réel charme, elle était, d'un certain côté, séduisante, un sourire délicieusement enjôleur, les pommettes arrondies, un regard de saphir devenant brillant comme embrasé de mille soleils et légèrement humide, comme bercé d'une douce ondée lorsqu'elle aimait, et de longs cheveux de soie comme d'invisibles rubans d'or, qui ensemble, formaient la caresse du vent quand ils vous touchaient. Elle n'était donc pas vilaine, et savait être élégante quand elle sortait. Alors une âme romantique ne pouvait qu'enjoliver cette harmonie, tant qu'elle était prise dans ses filets. Mais il y avait ces petits détails captés en fragments de lumière et qui trépignaient d'impatience à lui décrire la réalité.

Aussi, reçu-t-il le premier choc un de ces rares matins où ils sortirent ensemble pour une course dans un des magasins de la ville. Elle s'était habillée rapidement, en tenue de weekend comme il était bon de dire quand le style était un peu plus décontracté, et alors qu'elle allait d'un bon pas, il s'arrêta seul devant une vitrine, rêvassant là devant un mannequin élégamment vêtu. Cette courte pause la laissa le distancer largement et lorsque tournant ses yeux en sa direction il la vit un peu plus loin, il ne put qu'être saisi un instant. Ce n'était plus l'élégante qui lui tournait le dos, mais une femme d'un commun désagréable, dans un pantalon trop serré, un haut disgracieux que l'on sentait tendu à l'endroit de sa poitrine, le tout faisant ressortir ses formes qui, un instant, lui semblèrent lourdes, trop fortes. Il eut un léger recul, mais déjà elle avait tourné la tête et son sourire effaçait cette vision. Il avança vers elle et l'image redevint celle de son amoureuse. Mais inlassablement, par bribes de longueurs inégales revenait en lui cette seconde pénible, le laissant dans un questionnement discontinu, et pourtant sans fin. Comment les autres la percevaient ? Ces aller-retours de sa mémoire le laissaient perplexe, car il se trompait peut-être. Tout comme l'on trouve le goût de l'eau extraordinairement bon après une longue marche au soleil, alors même qu'il s'agit d'un breuvage de la plus fade des saveurs, aurait-il eu, par une solitude trop longue, cette même impression si prononcée pour elle qui n'était finalement pas si jolie ? C'était en tout cas un second petit accroc qui venait le perturber et qui l'intriguait grandement. En y pensant les jours suivants, il se dit qu'il aurait fallu qu'il la présente à ses connaissances pour en tirer leur avis, mais de ceci il n'était pas question pour le moment et le pourquoi était simple à expliquer.

En effet, il avait été évoqué un vernissage et il y fut convié le surlendemain de cette matinée, sans même connaître à l'avance le style réel des œuvres présentées, ni vraiment l'organisation, mais il savait que l'hôtesse de cet artiste était probablement l'une des amies de sa belle ayant le moins de conversation mais possédant un petit carnet d'adresses mu par une certaine aisance financière due à son époux, et ainsi, pour se distraire, elle se pensait en patronnesse des arts. Il s'était laissé prendre à cette invitation, car outre le fait que cela lui donnerait un moment tendre à passer par la suite, cette découverte serait peut-être intéressante ou du moins amusante. Il chemina donc jusqu'à ce lieu qui se situait au rez-de-chaussée d'un hôtel particulier qui à lui seul, plus que ce qu'il recevait en son sein, valait le détour pour son architecture renaissance qui n'avait pas subit depuis lors de transformation majeure autre que la pose d'un ascenseur prenant un peu sur l'escalier principal. Il était occupé par différentes activités ludiques plus ou moins financées par la ville et sans plus d'intérêt que du banal destiné à occuper quelques jeunes dans leurs heures de loisirs. Mais diable ! Dans la grande salle de réception, ayant vu défiler quelques personnages illustres pour des diners protocolaires ou des bals de l'aristocratie, se tenaient ce jour, trônant en son centre, ou se découpant sur chaque pans de mur et débordant sur les dalles de marbre centenaires, l'art contemporain sous sa forme la plus brute, la plus vulgaire également, statues de pneumatiques, assemblages de planches carapaçonnées de clous et de vis, fils de fer tordus effroyablement, et portant des noms d'illustres figures grecques ou d'animaux mythologiques, qui aurait fait pâlir de désespoir un Canova. Et là devant ce fatras de monstruosités, son auteur se pâmait sous les louanges d'un petit cercle de personnes au sein duquel il vit son aimée, rouge de plaisir de pouvoir flatter l'égo de cet homme dont pourtant la dénomination d'artiste semblait plus qu'usurpée. Elle lui fit un petit signe rapide, mais très discret, et repris ses éloges montrant avec un air charmé telle ou telle masse insolite qui jonchait cette pièce. Il ne lui restait plus qu'à tourner en rond, attendant qu'elle vienne enfin à lui, en observant le plafond à caissons richement décoré et en profitant heureusement du buffet de petits-fours particulièrement attrayant. Et comme il n'était pas issu de ce cénacle d'invités habitués à ces soirées – ils gravitaient presque tous autour de l'organisatrice, sans pour autant qu'il y ait de personnalité locale car l'original trônant en vedette était plutôt parfaitement inconnu, du moins dans cette ville, qui n'était pas celle de ses origines, ni de son atelier – il se présenta brièvement à quelques-uns restant qui étaient aussi en train de prendre un rafraîchissement et la chance voulut qu'il tomba sur un professeur courtois, venu par politesse, avec qui il put passer l'heure à parler de romans et d'auteurs. Le temps traina ainsi et la salle se vida doucement, il ne restait bientôt que son amie et ces dames qu'il connaissait déjà et qui proposèrent d'aller tous ensemble diner en ville. Ce qui ne fut qu'une déconvenue supplémentaire tant il aurait aimé un repli stratégique dans l'une des adresses gastronomiques où il avait ses habitudes pour un repas plus complice, d'autant que ces dernières semaines il avait appris à plusieurs occasions à mieux connaitre cette petite bande dont résolument les discussions restaient sans intérêt spirituel. Il commençait à douter de l'envergure intellectuelle de son aimée, tout comme il supposait à présent que son attrait pour l'art ne fut en fait qu'un artifice, un vernis vite craquelé quand on le frôlait d'un peu prés.

Voilà donc l'explication de son indécision, et même son refus en analysant froidement les points exposés ci-dessus, à lui faire rencontrer les siens amis, car elle aurait été sans nul doute rapidement gênée de ne pouvoir se mêler aisément aux conversations et dans une situation qui ne la plaçait résolument pas dans le même monde, elle eut pu s'en sentir vexée - le moindre mal eut été qu'elle se fût ennuyée passablement - et lui en vouloir. Par ailleurs, comment lui, cultivé, l'esprit fin, aurait-il pu justifier le choix d'une femme n'étant visiblement pas assortie à ses penchants ? D'ailleurs lui-même commençait à ressentir durement ce décalage, cet éloignement, qui détruisaient son espérance, et qu'il étouffait pour faire taire l'angoisse qui le saisissait alors. Il secouait de toutes ses forces les impressions laissées par les premiers émois, attisait ses désirs, voilait son regard pour brouiller les soupçons, et goutait ses baisers fougueux le temps d'une étreinte qui lui permettait de rentrer chez lui moins chagriné pour deux ou trois jours.

Ce lent délitement de leur liaison ne faisait plus guère de doute, elle espaçait de plus en plus leurs rendez-vous, trouvant toujours une excuse plausible, elle les écourtait également, les résumant à une fraction de weekend, un morceau de soirée, un court déjeuner, et pourtant il sentait au fond qu'il ne s'agissait pas uniquement de son travail. Elle sortait, mais sans lui, avec ses amies disait-elle parfois agacée de ses demandes, et ces sorties n'étaient qu'amusements mais elle y attachait l'importance d'une obligation qui ne le concernait pas et qu'elle ne saurait annuler pour lui, tout en lui certifiant l'aimer. Seulement, était-il possible d'aimer sans se voir quand on vivait si proche ? Était-il possible de ne pas avoir envie de se donner à l'autre, non pas entièrement mais, au moins suffisamment pour écarter la distance qui se crée à vivre trop pour soi-même ? Elle n'était pas à lui, puisque fuyante, mais lui avait l'impression de lui appartenir non pas dans une fusion des sentiments mais comme un jouet, un pantin, qu'elle utilisait selon qu'elle s'ennuyait ou pas. Il avait beau se dire – et il reprenait en cela comme une leçon apprise par cœur ce qu'elle n'avait de cesse de lui dire, lui n'ayant pas cette invention - qu'il y avait un aspect moderne, une sorte de liberté agréable pour partager finalement seulement les désirs et non pas les plages lassantes des exigences de la vie de couple, il n'arrivait pas à s'y résoudre. Et parce qu'elle connaissait par sa profession beaucoup de monde, il n'avait guère d'effort à faire pour imaginer une, ou bien d'autres attirances, ou même une liaison secrète, dont il serait le dernier averti, et qui le rendait fréquemment plus incisif, plus inquisiteur sans vouloir le paraitre. Il était ainsi toujours en éveil, guettant chez elle le moindre indice qui pourrait le mettre sur la voix de la vérité, s'attachant au moindre mot qui pouvait marquer soit une distance avec lui, soit un moment où elle se serait entichée d'un rival inconnu, usant des heures dans son fauteuil à repasser chaque moment en sa compagnie, et d'autres heures à se demander où elle était et ce qu'elle faisait. Ce n'était pas la torture des débuts qui ne demandait qu'à s'apaiser au fil d'une relation plus dense, plus construite. Celle-ci était plus intense, oppressante, le tenant dans un étau se resserrant un peu plus jour après jour, à mesure qu'il voyait s'échapper ses rêves heureux. Ainsi les projets aussi se raréfiaient, ils n'étaient plus qu'un horizon lointain, abordés comme des possibilités sans réel fondement, hypothèses personnelles n'incluant guère l'autre et exprimées par de fameux « un jour il serait agréable d'avoir, … » ou « j'aurais voulu faire si … », et ils se perdaient dans le dédale de toutes ces petites ébauches qui n'aboutissent jamais par absence de réelle volonté. Voilà comment s'étiolait le temps des amours, malgré tous ses efforts pour raccommoder la mosaïque de plaisirs partagés ensemble. Il n'avait pas varié et continuait à l'honorer de petites attentions, sans que rien pourtant n'y fasse, protégeant comme une louve le pré-carré de ce qu'elle appelait sa liberté et que lui nommait intérieurement son égoïsme, préservant toutes ses habitudes alors qu'il modifiait son agenda pour être à elle. Tout le chagrinait, au point que ces amis le trouvassent changé, éteint et pourtant brulant de fièvre, débordant d'une énergie peu commune lorsqu'il recevait d'elle un signe.

Ce vendredi pourtant tout allait changer. Elle l'avait invité à venir passer la nuit, le prévenant cependant qu'elle ne pourrait passer tout le samedi avec lui car elle avait prévu une sortie … une de plus, et sans lui, il y était presque accoutumé malgré lui. Mais ce soir, cela le chagrinait particulièrement, il n'osait pourtant pas trop le montrer, car depuis peu le moindre mouvement de reproche la contrariait plus qu'à l'habitude et mettait à mal les promesses de prochains rendez-vous. Il ne dit donc rien, espérant que la douceur de la nuit allait pouvoir se prolonger le lendemain et faire un peu varier ses projets et il fut tout à elle, attentionné et tendre comme elle le désirait, puis il se laissa aller à de délicieux rêves. Le réveil fut pourtant brutal, comme un coup de semonce, très matinal et sans appel. L'horaire de son départ était ordonné à huit heure, sans délai possible et il ne put s'empêcher de s'en offusquer, poliment, mais fermement, trouvant disgracieux de le congédier si tôt. Congédier, comme un laquais, car c'était le terme le plus adéquat qu'il trouva pour qualifier cette impérieuse demande. Chafouine comme elle savait l'être, elle commença par le rudoyer un peu en lui indiquant qu'elle avait cédé à ses supplications en l'accueillant la veille alors qu'elle avait d'autres préoccupations et propositions, puis alternant avec la tendresse, elle suggéra de le revoir bien vite, sans fixer de date, mais prochainement. Blessé, il partit sans plus de certitude, laissant remonter tous les petits travers de cette aventure qu'il avait emmagasinés, perdu dans un océan de pensées plus lugubres qu'ensoleillées, perplexe et découragé, tout en même temps qu'il s'en voulait d'avoir été si peu agréable avec elle. Eut-il suffi d'un sourire pour la voir le rappeler dans l'instant ? Serait-elle longtemps fâchée et distante ? Arrivé devant sa grande table à écrire il prit son plus joli papier à lettre et se résolu à rédiger de longues excuses, des mots tendres, des compliments et des acceptations. Il rédigeait vite, raturait le papier, le déchirait et recommençait inlassablement et passa ainsi le plus claire de la journée avant de se déplacer à nouveau jusqu'à chez elle – encore absente, ce qui portait un nouveau coup à son cœur, comme en attestaient les volets restés clos – pour glisser le billet doux dans sa boite aux lettres. Il ne lui restait plus qu'à attendre une réponse, tourmenté, inquiet, sans pouvoir se consacrer à la moindre autre chose et encore moins au sommeil. Sa nervosité ne faisait que grandir au fil des heures, sans nouvelle, et déjà le dimanche filait dans ce désert de solitude et d'inaction, incapable qu'il était de quitter son appartement par crainte de ne pas être là si elle venait, incapable de lire tant il était tendu. Cette fois son imagination le pourchassait de la façon la plus folle, brodant chaque moment de leur relation pour qu'il n'ait de cesse de penser qu'elle était en d'autres bras, ailleurs pour d'autres plaisirs. Il resta ainsi jusqu'au lundi soir, sans repos, quand soudainement le tintement de la cloche le prévint d'une visite. C'était elle ! Son agitation se fit pleinement palpable, ajustant sa chemise, cherchant rapidement sa veste, cachant la corbeille pleine des brouillons de ses écrits, et affichant volontairement son plus tendre sourire. Un moment de grâce passait et tous les espoirs renaissaient. Il voulait y croire. Ouvrant la porte, il aperçut immédiatement la longue missive qu'il avait laissée samedi soir à son intention, qu'elle tenait entre ses mains avec une mine éplorée, contrastant si vivement avec sa bonne humeur retrouvée qu'il faillit d'un geste brusque refermer la porte pour ne pas assister à ce qu'il comprenait déjà être une fin. Il se ressaisit, la fit entrer et l'installa sur un divan, lui proposant un rafraichissement qu'elle déclina avec une moue embarrassée. Elle eut par des paroles choisies, l'élégance de ne pas chercher à le briser plus en lui rendant sa lettre et se lança dans une explication qui finalement ne pouvait que lui être limpide s'il prenait la peine de croire un instant ce qu'il avait deviné au fil de ces quelques mois. Elle n'était pas à son aise dans cette relation. Tout d'abord, parce qu'elle n'envisageait pas de faire la moindre concession quant à sa façon de vivre et donc à la liberté qu'elle s'octroyait d'aller et venir à sa guise, sortant avec ses connaissances, en ne le voyant que de façon relativement espacée, d'autant plus qu'elle souhaitait également conserver une complicité très forte tournée vers sa fille et excluait de fait l'ébauche même d'une vie de couple, même si elle convenait comme étant agréables les nuits de plaisirs passées ensemble. D'autre part, parce qu'elle avait senti l'éloignement que créaient leur façon de vivre, leurs goûts, et même leur façon d'exprimer leurs sentiments en étant certes réceptive à ses cadeaux et ses mots, mais incapable d'en donner autant. En un mot, il comprit qu'elle ne l'aimait plus, et que depuis déjà un certain temps elle l'appréciait comme un remède à l'ennui, mais pas comme un compagnon de route. Calmement, il la pria de sortir, lui signifiant qu'il ne saurait convenir d'une relation ou amitié quelle qu'elle soit après avoir été ainsi trompé dans ses attentes, avec finalement une sorte de mépris à son égard pour avoir été abusé de la sorte, quand bien même elle arguait qu'au début son attirance était sincère et qu'il aurait dû savoir composer ensuite avec sa vie. Il sentit peser sur ses épaules tout le poids de ce qu'il considérait comme une véritable trahison, en sachant fort bien qu'il serait le seul meurtri et malheureux de cette fin. Il ferma sa porte, sentant grandir son dédain pour cette femme tout compte fait pas même jolie, qui s'était tant jouée de ses sentiments.

Revenu à sa solitude, il s'enfonça dans son vieux fauteuil, anéanti, l'âme vidée de toute volonté, mélangeant sans logique et dans une grande confusion toutes les images qui lui revenaient en tête. Avait-il déjà ressenti pareille sensation ? Il en doutait, oubliant que la peine s'efface avec le temps pour qu'il n'en reste finalement rien de plus qu'une vague amertume et même parfois un amusement quand on a enfin fait le deuil d'une passion. Mais ce jour, tout lui sembla impossible. Il était illusoire et sot de vouloir la rattraper par un mot doux adressé rapidement, inutile de songer à la reconquérir, vain de penser à la revoir, et il errait ainsi dans ses songes du passé et de l'avenir qui n'était plus.

Au fil des heures, des jours, cette douleur s'accentuait, comme il encaissait le choc de la rupture, pour la vivre plus tristement. Il l'aimait, du moins il s'en était convaincu aveuglément, mais plus que cela, ce qui le travaillait encore était de deux ordres dont l'un était la conséquence du premier. Tout d'abord la douleur fut qu'il ne l'avait pas possédée, prise dans son jeu, tenue en son pouvoir comme il l'avait fait pour d'autres, ensuite, et cela coulait de fait, il devenait naturel qu'il imaginât avec une complète certitude que quelqu'un avait eu cette chance durant ce temps, et surtout avant ce temps dans des relations plus anciennes, auxquelles elle se serait offerte plus entièrement. Les affres de cette jalousie indomptable, car elle n'était plus là pour l'atténuer, le broyaient méthodiquement et durablement, ainsi il resta enfermé dans son appartement, ressassant son amertume.

Une chose nouvelle et toute particulière l'étreignait également à présent : asséché par ce trop-plein de faux-semblants qui avait consumé son être, il n'avait plus envie de rien, ni rencontre, ni amour, et même la beauté des femmes s'était évaporée, le laissant froid et insensible à tout ce qui se passait sous ses fenêtres et dans les avenues qu'il ne voyait plus. Seule la nostalgie d'un passé lui paraissant être très lointain se rappelait à lui pour ajouter une touche de cendres à ses heures. Ainsi il se souvenait de ses séjours à la campagne, du calme délassant qui y régnait, le laissant libre de laisser voguer son inspiration au gré de ses lectures nocturnes, rythmés uniquement par les repas servis dans la grande salle à manger, ou parfois un ami de passage venait partager quelques jours, des moments baignés du soleil printanier ou estival. Quels enchantements étaient alors les matins où l'astre divin émergeait pour dorer les herbes folles oubliées çà et là par le jardinier peu pointilleux, et qui, par paresse, permettait ainsi quelques droits à la nature qui n'en était que plus jolie, laissant cours à ses exubérances végétales. Il y avait un réel romantisme qui se dégageait de ce grand tapis vert donnant sur le petit bois touffu que traversait un sentier menant au ruisseau bruissant gaiement en contrebas, en laissant s'évaporer une douce fraicheur. Ces plages de quiétude lui manquaient et son âme vagabonde passait de ses promenades solitaires – rêvant à quelque rencontre improbable d'une de ces jolies filles de la campagne – aux délices de siestes bercées par le papillonnement incessant des nombreuses petites ailes allant de fleurs en fleurs dans les massifs d'iris, de lilas, de tulipes et de roses qui composait le parc à l'anglaise. Hélas, il était loin ce temps, et il l'était plus encore qu'il n'avait plus la force de le rejoindre et de s'y poser.

Il savait qu'il avait vécu, il avait touché du doigt l'infini plaisir de l'amour, y avait goûté avec gourmandise, engrangeant tous les parfums divins du bonheur et les saveurs de ces voluptés, que rien ne pourrait ramener, uniques et à jamais disparus. Inutile de vouloir en faire de pâles copies, inutile de chercher ce qu'il avait déjà si pleinement vécu, inutile de prendre le risque d'un fruit plus fade et décevant, tout comme il comprenait qu'il ne servait à rien de poursuivre ce qui ne durerait dans sa pleine beauté qu'un trop bref instant. De ces histoires, seule cette fraction de seconde où le monde s'efface pour laisser place au merveilleux des battements des cœurs encore timides du premier émoi, au frôlement des tissus couvrant l'inconnu des corps, à la chaleur d'un baiser tendrement naïf, avait une importance. Mais parce que cette fraction fut si belle, il ne pourrait en revivre d'autre aussi intensément, il n'en avait plus le désir, il avait fait le tour de ce qu'il souhaitait connaitre de l'amour, et ceci se résumait plus que jamais à la rencontre, c'est ce moment qu'il préférait. Epuisé, il tira de sa table de chevet ce pistolet qu'il avait conservé de longue date à portée de main et qu'il avait remisé là en ami, en confident, en compagnon de départ pour un voyage un peu plus long que d'ordinaire. Il était temps de se confier à ses soins, maintenant qu'il avait tout appris des sentiments, et que la monotonie de l'existence n'aurait été qu'un long désenchantement. Il pressa doucement ce feu sacré qui allait l'embarquer ailleurs, et lentement les longs draps des souvenirs l'enveloppèrent, l'entourant en tourbillons de satin vers l'horizon infini de l'azur, sentant doucement le tendre effritement cotonneux de ses membres qui cédait la place aux dernières lueurs de l'âme voguant déjà au loin vers un futur où tout restait à découvrir. Il était enfin heureux.

Remerciements

A Natacha qui m'a accompagné durant toute la rédaction de cet ouvrage.